KB263069

기하학무늬 파라솔을 쓴 여자

허표영 시집

시인의 말

감성도 제 생각이 있다

올 것은 오고 갈 것은 간다

상념이 그런 것처럼

오라고 해서 그냥 오지도

가라고 해서 그냥 가지도 않는다

꿈도 제 생각이 있다

붙들면 달아나고

놓아주면 슬그머니 다가온다

꿈꾸지 않는 꿈은 없다

2025년

허표영

차 례

● 시인의 말

제1부

제1부

새

손바닥 위에 올려놓고

하늘을 바라보기 시작할 때

너는 이름이 없었다

태어나면서부터 날게 되는 것은 아니다

둥지에서 바닥으로 수없이 곤두박질치며

눈물과 땀 없이는 한 발자국도

허공을 디디지 못한다

공중을 날기 위해서는

날개가 필요해

날개는 보살피며 키울 수 있지

날아보기 위해서 애쓰는 아등바등은

날아보지 않은 자는 알지 못한다

아래로 끝없이 추락하는 순간의 아찔함

낙하를 겪어보지 않은 날아오름은 없다

구름 속을 뚫고 비행하는 쾌감

그냥 주어지고 누리는 게 아니다

하늘로 뜨는 날개 펴주며 어미는 비로소

너의 이름을 지어준다

둥지 떠나 넓은 창공을 향해

날갯짓 처음으로 함으로써
너는 한 마리 새가 되었다
이름 불러준 후 아득한 세상 날다가
언젠가는 착륙해야 하는 걸 알기에
새는 살기 위해 날아야 한다

기하학무늬 파라솔을 쓴 여자 · 1

공원 출구 벤치에 앉아 있으면

파라솔을 쓴 여자가 지나간다

컬러 무늬가 기하학적인 파라솔을 쓰고 지나간다

아니, 지나가지 않을 때도 있다

그런 날은 허탕 친 날로 여긴다

나의 실망을 아는지 모르는지

그녀는 다음 날 다시 쓰고 지나간다

비가 올 때도 쓰고 지나가고

햇빛이 날 때도 쓰고 지나간다

그 여자 얼굴은 모른다

내 무의식이 꿈꾸는 파라솔 색깔 무늬만 떠돈다

파라솔을 쓰지 않고 지나가는 얼굴을 바라본 일은 없다

이걸 써야만 그 여자는 멋있다고 여긴다

공원 출구 벤치에 앉아서

파라솔을 쓰고 지나가는 여자를 기다리고 있다

어느 날, 그녀는 느닷없이 나를 일으켜 세우더니

파라솔을 나에게 씌워주고 갔다

다시 그녀는 오지 않고 기하학적 무늬 파라솔만 남았다

손등

아무리 설명해도 당신은 읽을 수 없어 나만 아는 비밀의 문 붉은 길 파란 길 꿈틀거리며 어디론가 데려가지 논둑길은 끊어질 듯 이어지고 읍내 길은 지렁이처럼 느려지네 젊을 때 그토록 곱던 손 미로였는데 이제 누군가 길 안내 지도를 장착해 놓았다 호미 들면 울퉁불퉁 화내고 호미 던지면 울긋불긋 하소연한다 아무리 설명해도 당신은 읽을 수 없어 나만 아는 내비게이션 안내 가도 가도 끝이 없는 오일장 고개 정든 암소는 딸 혼사 자금으로 바뀌어오고 희부연 해진 지도에 기억력 좋게 남아 있다 한숨으로 안내 멘트를 대신하는데 너는 불평 없이 새 길을 소개한다 길 따라 오르면 넷째 손가락에 누런 테 두른 자수정 반지 신호등처럼 앞길 살피며 가라는데 경로당 부녀회 사이에 지도 펼쳐놓고 삶의 굴곡을 경연 중이다

겨울 여치

연초록 겉옷 겹쳐 입고
어미 등에 얹혀간다

여러 삶이 스쳐 간 풀밭
버려진 걸 모아 어디로 가는가

어미는 등에 업힌 것 확인하고
앞만 보고 달려간다

살아간다는 것은
앞가슴에 안기는 것만 있지 않다

비상 꿈꾸는 가늘고 긴 뒷다리
기어코 날아오를 것이다

먼지 날리는 차 뒤 매달려 서서
목 축일 이슬 한 방울 그립다

업고 가는 어머니 찬바람 헤쳐줘

녹색 제복 한 벌로 달랜

오늘 하루도 아슬아슬하다

더 보이지The voyage

끊어질 듯 이어진다

이어질 듯 끊어진다 나의 떠남은

망망대해를 항해 중이다

우주를 날아오르는 중이다

an around the world

잔잔하다가 파도치고

파도 우렁차더니 잔잔하다

너는 journey를 떠나고

그는 trip을 즐기는데

나의 여행은 길고 아득하다

꿈길이다

친구는 피아논지 바이올린인지 첼로인지

아니 협주가 맞아 연주하고

달빛은 은은하고

바람은 산산하고

파도는 잔잔하다 철썩일 때도 있다

그리움이 그리워하고

아쉬움에 아쉬워하며

애절함을 애절해한다

모두 가져가거라 갖고 가라

아무것도 지니지 않은 채

나는 떠도는 중이다 꿈같이

폭풍우도 잠들고

꽃과 새들도 보금자리로 찾아들었다

나는 원양에서 헤엄치며

창공을 유영하며 흐느적인다

목적지 없는 여행 중이다

벨 소리가 나를 깨운다 누군지 알 수 없다

공동구매

나 혼자 갖기에는 너무 넘쳐나요
미처 구하지 못한 사람들과 공유해요
구석진 곳이나 모퉁이에서 사용하면 효과를 볼 거예요
콧물이나 눈물을 찔끔거리며 애용한다면 후회하지 않을
겁니다
반품하는 사람을 본 적이 없어요
믿고 구매하셔도 됩니다
사용 기한은 반영구적이에요
고장 나거나 짝퉁이 없으니까
본인이 사용 도중 싫증 나거나 포기한다면 모를까
외롭거나 서럽거나 홀로 떨어진 듯한 기분일 때 신청해요
구매자 본인 확인되었구요
비밀번호는 손가락 하트로 가능해요
단, 가능한 한 혼자 사용하세요
빌려주거나 양도하지 마시고
공동 사용자가 생기면 효과가 반감되거나 소실될 수도 있
어요
하현달 혼자 하늘 지키는 날
빈집 창호지만 두드리고 가는 바람 소리

가슴 아리도록 외로움 넘치거든

함께 고독 사러 갑시다 완판되기 전에

온라인 구매 독점이구요 심야 배송도 가능하네요

새벽 종소리

특별히 부탁하지 않았는데
새벽 5시 10분 문갑 위에서
나를 깨우는 종소리 울린다
모닝콜을 부탁한 자 누구인가
늘 내가 잠드는 어제저녁
10시에도 종을 치더니
너는 나의 일상을 읽고 있다
패턴을 분석했다고 자랑한다
내가 물냉면 먹고 싶다 하면
인근 음식점 줄줄이 대기시킨다
트로트 한 곡 들었더니
그 가수 노래가 줄줄이 목청 다듬는다
내가 부탁하지 않아도
길가 CCTV는 눈을 뜨고
예금 만기 날짜 다가온다
농막 풋잠을 깨우는 산새들
풀잎에 이슬 구르는 소리
그 정도 알람에도 나의 기상은 가뿐한데
새벽잠이 자꾸 붙들어 눕히고

반가운 임 찾아올 리 없지
피로를 털고 일어나라며 종은 치고
나는 알고리즘을 부탁한 적 없다

소박한 농담

강아지풀 뽑아 빙빙 돌리며

작은 풍력발전소 바람 인다

한 주먹 모아 돌리며

나는 전파 타고 하늘 올라

하현달 그네를 탄다

동영상 한편 꼬리 흔들며 나오겠지

배터리 허기 들면

문필봉 봉우리 내려앉아

사방 조망하는 작업실에서

소 탄 목동 피리 불고 간다

틈틈이 일기장에 자화상을 그리는 너는

박물관 전시실에 걸리는

명화에 이름표를 단다

굽이도는 인생사 대작으로 펼쳐

지체 못할 그림 값은 사절하고

살살 흔드는 강아지풀 영상을 접는다

세상의 모든 풍광은 예술을 만든다

무심코 던지는 그의 실없는 농지거리

바람을 타고 제멋대로 흘러서

좀처럼 변치 않는 명성이 되어

작품으로 태어나겠지

라벤더

보랏빛 향기는
지브롤터해협 통해 대서양으로 퍼져나가
당신의 화장대 향수로 앉아 있네

보랏빛 향기는
수에즈운하 거쳐 홍해로 퍼져나가
유라시아 해양 실크로드에 실려
당신의 욕조에 담기네

보랏빛 향기는
좁은 보스포루스 해협 헤치며 흑해로 퍼져나가
이스탄불 페에롯띠 장교의 안타까운 사랑으로 저며들고
있네

보랏빛 향기는
홋카이도 폭설 녹은 도미타 농장에 담겨
3대 이은 라벤더 아이스크림으로 녹아내리네

보랏빛 향기는

내 마음의 용기에 담겨

천연 에센셜 아로마 오일로 감싸고 있네

너에게 같은 편지를 두 번 쓰다

처음으로 너에게 쓴 편지는
잿빛을 남기며 허공으로 사라지고

나의 편지는 찾아갈 주소 잃었지

보내지 않을 줄 뻔히 알면서
눈물 떨구거나 미소 지으면서

구겨져 쓰레기통 속으로 들어갈
사랑과 미움을 펜 눌러서 쓴다

지나간 손글 사탕물에 담그면서
다가올 손글 소금물을 바르면서

어제의 너에게 쓴 편지는 잊히겠지만
내일의 너에게 쓸 편지는 잊힐 수 있겠지만

같은 내용인지 몰라도
같은 내용이라고 믿으며

받을 주소 정하지 못한 편지
다시 한번 쓴다

결국 한두 줄의 문자에 지고 말지만
장문의 편지는 술술 풀리고 있다

첫 번째는 잊혀진 걸로 알기에
두 번째는 잊혀지지 않을 걸로 알기에

내가 같은 내용을 다시 쓴 편지는
녹두 빛 잎새 물고

언젠가는 너에게 도착할 것이다

애절하다, 손수건

떠나버린 사람은 만난 적 없고
낯선 사람들과 자주 눈인사한다

굴참나무 감싼
인동초보다 더 늙었다

나뭇가지에 걸린 애정 하나
이별을 밥 먹듯 하고 있다

반가운 선물같이 살았는지
서러운 이별로 견뎠는지
구겨진 몰골로 말하지 않는다

선물 같은 나날은 잠깐이고
이별 같은 아픔은 오래라서
당신은 매일 몰래 머물다 가는 건지

헤어진 가족의 극적인 상봉처럼
우리는 해후를 기다린다

사랑보다 더 흔한 이별
서로 주고받던 정 떠올리며
식어버린 손길이지만 거둬가기를
추위에 떨며 기다리고 있는 낙엽

알로카시아

당신을 만나는 날
헤아릴 수 없이 크고 작은 심장을 꺼내놓고
스러질 때까지 사랑의 고백 놓지 않겠다는 정표
그대를 향한 진심은 모양이 변하지 않아

당신을 만나기 위해
태어나면서부터 만든 몸짓
사랑으로 안아줄 거라는 꿈에 부풀어
감추지 않고 내미는 하트의 손길

사흘간의 하루

그들은 닮은 듯 다르다
어제의 하루가 오늘을 보고 눈을 찡긋한다
나처럼 보내면 된다고
큰 고통 없이 지나면 성공이라고
어제 오늘 내일에는 하루가 산다
오늘의 하루가 싱긋 웃는다
사는 게 별것 있냐고
아프거나 외로울 때도 있지
실수도 하면서 지낸다고
내일의 하루에게 배턴을 넘긴다
큰 욕심 부리지 말고
곁에 있는 사람에게 사랑한다 말하라고
하루 셋이 만나지 않는 악수를 한다
소문 들어 알고 있어 반가워
우리가 모여 생의 페이지를 적어나가지
역사의 탑을 세워나가는 거지
가는 어제를 향하여 어떤 인사를 하지
서로 원망하거나 나무라지 말자
하루들이 잘 지내면 행복이라고

우연히 만난 향기

키만 한 책이 펼쳐진 포토존 앞에
이터널저니 시집이 어울릴 것 같은 날

한 컷의 사진
한 페이지의 문장
한 줌의 향기로
덮여진 기억은 펼쳐지고

오늘이 어제가 된다면
내일이 오늘이 된다면
우리의 시간은 거꾸로 흐르겠지

한가로이
예상하지 못한
야외 정원에서
라이브 공연 한잔하고 가실래요

우리의 시작은 심플했고
가는 길의 시퀀스에서 경험할 수 있는 것

예술의 역에서 만나지

그림이나 음악 아이템 빈손에 담으며

책 여행으로 시작한 취향의 공유는
점점 깊어진다

빌라쥬에서 거닌 당신과의 시간은
영화에서 본 듯한 풍경으로 남고

종이로 만든 향기는 불러내면 언제나
코끝에서 머문다

홀로 젖다

엄숙한 표정이 좋다
긴장까지는 하지 않아도

손가락 터치를 눈으로 감시한다

3D VR 가상 전시 공간
앉은 채로 긴 복도를 걸어간다
기다리는 온라인 솔루션

목적지 도착하면 다시 나서는 손가락
떠오르는 반가운 얼굴
늙지 않은 표정
방문객의 눈자위 물기에 젖어

이미와 아직의 두 시선이 마주쳐
차가움과 따스함의 온기를 나눠

달려 나온 과거가 현재를 감싸안고
날숨은 태우지 않는 향불로 피어

쌓인 슬픔이 마른 공간을 적신다

적신 마음 가다듬고
과거의 창문을 닫고
메타박스에서 걸어 나온다
앉은 채로 젖은 채로

슬픔을 마치고
아무도 만나지 않은 얼굴로
엄숙한 표정을 닫고
오프라인으로 나선다

제2부

함축

둥근 얼굴 한 장

세로 타원형 두 눈 아래
얼굴 반쯤 차지하고 있는 반원 곡선
양 끝에 입꼬리 걸려 있고

그런데 아쉽다
코와 귀는 왜 빼버렸나
날 선 코와 복귀를 그려 넣는다

마음에 들지 않아
행간 속으로 숨겨버린다

헝클어진 우리 사이
동료 문인 집 현관

코와 귀 없어도
매트는 환히 웃고 있다 온 얼굴로 반기며

향기와 목소리는 다음 차례다

진짜 하고 싶은 말은 가슴에 담았다

포스트잇

달랑달랑한다

붙은 듯 만 듯
성취도 추락도 얇은 한 장 차이

약속은 다져갈수록 오락가락하고

오늘도
별이다가 가로등이다

완전히 확정된 것도
취소된 것도 아니다

지하철에 흔들리며
우주선에 몸을 싣는다

아이스크림 같은 언약
언제 녹아버릴지 몰라

너와 나 사이
떨어질 듯 말 듯 줄타기

영원한 듯 순간이다

말도 약속도
가벼운 메모를 닮아간다

아슬아슬하게 붙어 있는
우리 사이

사유의 방 · 1

미소가 먼저일까
사유가 먼저일까

미소 속의 사유일까
사유 속의 미소일까

사유의 깊이는 끝이 없는데
미소의 시간은 시작한다

사유의 방 · 2

어둡고 고요한 공간

반가부좌

오른 손 얼굴을 괼락 말락

모두를 물리친 시간에서

사유는 살까

밝고 소란한 지하철

오른 발 꼬고 앉아

허공은 머리를 받을락 말락

모두를 받아들인 시간에서

사유는 죽었는가

박물관의 대표 아이콘 나란히

이름표 78 83호 달고 반가사유상

반원 삼산관 모자

고통받는 중생 영혼을 위로하는

사유는 숨을 쉬는가

외롭고 무거운 시간

짊어진 삶의 무게

누구도 알아주지 않는 고독을 앓으면서

사유는 숨 쉬지 못하는가

난시

정면에 있어야 할 진실이
약간 옆 거짓으로 서 있다

너의 시는 낯설기 기법
나는 엉뚱한 곳에서 헤맨다

잘못 보기는 하지만
그르게 생각하는 건 아니다

기하학적 큐비즘

모든 사실이 정면에 진실로 있다면
삶이 스스로 어긋날지도 모르지

오늘도 살아내기 불편하지만
세상을 흘겨보지는 않는다

그대 바라보는 눈
사실적 미모보다

아비뇽의 처녀들이지

너의 붓은 매번
사물의 심장부 묘사하는데
나의 화살은 과녁 관중하지 못한다

나무

창공을 향해 깃발 흔들며 뛰어보지만
날 수 없다는 걸 깨닫고
초록 산수화 작업에 몰두하네
안부는 바람 구름에게 부탁하고
함께 살자는 동무의 간청 뿌리칠 수 없어
몸으로 그림을 그리는 행위미술가
고사목 입체화 작업이 최종 완성이다
살아 영원을 바라지 않고
죽어 명성을 남기고 싶지 않다
고향 지키며 미래를 설계하고
폭풍 맞서는 대결을 각오한다
선망하는 비상은 창공을 날다가도
바닥으로 추락할 수 있어
태어난 곳이 낙원이라는 믿음
푸른 줄기 지탱하며 살기로 했다

당귀꽃

텃밭 입구 안개구름 걸어두고
대문 빗장까지 따라와 작별하는
정든 사람 보내는 하얀 미소의 여자
잘 가이소 ~
저고리 도련을 만지작거리고
가는 사람을 슬쩍 보는 듯 보지 않는다
보내기 서러워 아쉽다거나
다시 보자는 정감이 일렁거리네
심하지 않은 애교와 깊이 모를 감성이
곱씹을수록 우러나고
귓전에 남아 넘실거려
가면서 남아 있으라는 정의 거리
마땅히 돌아올 거라는
발길 붙들었다 놓는 인사 한 마디

푸른 공 위로 구름이 춤추며 지나가고

촉촉한 푸른 공 하나 줄게
잘 가지고 놀다 돌려주고 가

꽃이 피지 않는 럭비공이라면 어쩔 뻔했어
시름을 씻어가는 바닷물 바라볼 수 없다면
얼마나 우울하며 날마다 처량하겠어
보다도 너를 만나지 못하는 슬픔은
잃어버린 사계절보다 더 절망이겠지

불별은 가깝다지만 멀고
테두리만 아름다운 흙별
옅은 옥빛 하늘왕별은 거대한 얼음덩어리로 알려지고

무슨 별에서 태어나고 싶어

생명이 존재하는 축복의 떠돌이별
발밑은 용암으로 펄펄 끓는데
불화살 놀이를 즐기다간 디딘 곳 금갈 줄도 몰라
더러운 손으로 날씨마저 오염시키다가

공이 어디로 굴러가는지도 몰라

살다 간 전설의 발자국을 뒤지며
우리 소유 달 궤도에 다누리를 집어넣고

한세상 은혜로만 살아가는 사람
함께 손잡고 가는 이들
당신이 준 축복의 선물이었어
나를 안아주는 태양계의 떠돌이별 하나

깨어지기 쉬운 아름다움

삶은 아름다운 것이 될 수 있다
아름다움이란 머지않아 잃을 수밖에 없다 해도
사랑하지 않을 수 없는 것

오늘도 달걀 한 알 낳기 위해
닭은 날개 털고 새벽을 알리는데
반숙 위해 깨트리는 순간
따스하게 손안에 드는
너의 완벽한 구조의 집은 산산조각 난다
깨지고 보면 아름다움은 순간이다

나이 들면 느끼라고
셰익스피어는 소네트를 노래하는데
해 지면 어느새 황혼이 지듯
아름다움의 역사는
오늘도 깨어지고 있다

나는 아름다움이 깨트려지는 줄도 모르고
사랑을 눈먼 도예공처럼 어루만지고 있네

시인은 늙는다
물론 청년도 늙는다
그보다 먼저 사랑이
늙을지도 모르지

아름다움의 수명을 걱정하며
눈 주위 안티에이징 크림 바르는 그녀

시간 속에서 변하는 것은
나나 그대가 아니라
오히려 사랑 그 자체인지 모르지

깨진 아름다움에서도 살아 움직이는 것은 있다

불협화음 삼중주

딸랑이 소리에 눈 떠보니
언니 둘 놀고 있네
검은 언니 흰 언니
둘 다 털북숭이 자매
동그란 눈 날름거리는 혓바닥
내 포대기 주위 맴도는데
제니! 메리!
엄마 아빠가 부르는 것 보니
멀리서 온 언니들 같아
눈 위 팔랑이는 흔들개비 연주하고
큰딸 눈 떴어 태어나서 처음이야
누가 큰딸이지 두 언니는 뭐지
언니는 꽁냥거리며 귀여움 속에
입에 넣어주는 더마독을 먹고
나는 치발기 물고 소젖을 먹는데
함께 커가야 하는 우리 사이
언니 안아주는 손길 벌써 질투 나
모두 네발로 겅중거리는
하루 내내 기저귀를 같이 찬
불협화음 합창소리

이념을 신는 발

매일 허리를 엉거주춤 굽히고
나는 L과 R을 두고 헷갈린다
R쪽에 L이 가더라도
아니, L쪽에 R이 신겨지더라도
크게 불편하지 않은데
DRI-FIT은 눈을 부라리고 나를 나무란다
억지로 출입하면 거부반응을 보이며
좌우의 방향이 잘못되었다고 탓한다
나는 양쪽을 벗어던지고 맨발로
나서고 싶은데 발이 용서하지 않는다
꼭 L을 L쪽에 맞춰주어야 하는지
사는데 이념의 쏠림이 필요한 일인지
매일 자고 나도 헤맨다
두 방향은 자꾸 자기 쪽을 선택하라 이르고
나는 세탁된 양말 한 켤레 들고 한 걸음도 걷지 못한다
출입문 열고 밖으로 나서면
어느 쪽도 제대로 선택하지 못하고
엉거주춤 발을 떼놓는 나를 보고
세상의 진영은 손가락질하려 들 것이다
맨발이 옴추려든다

기울면 울음이 나고

남가람별빛길 길가에
평생 저울 지니던 사람들 산다

천칭 양쪽 저울판 달고
한쪽에 삶의 가치를 얹고
다른 쪽에 추를 놓아
한쪽이 기울면 울음이 나고
같이 평평해져야만
웃음꽃이 피던 사람들

형평은 사회의 근본이며
애정은 삶의 본량이라고
철석같이 믿는 사람들

삶과 사랑은 기울지 않고
치우치지 않아야 한다고
가슴 속에 저울 품고 살던

별빛 같은 밝고 푸른 의지

남강 맑은 물에 비추던

저울 가운데 인권의 꿋꿋한 줏대를 세우고
존엄과 평등의 가로장을 걸치는데
저울에 달면 조금도 기울지 않던
휘어지지 않던 사람들 산다

로보 사피엔스 · 1

이마를 질끈 동여맨 사피엔스는
오늘도 아바타와 공중전을 하고 있다

메신저는 새벽을 안개처럼 덮어오고
잠이 덜 깬 호모 머리 위
정체 드러내지 않고 문어발 뻗는다

미로 헤매는 사피엔스 사피엔스
전방위 공습에 허둥지둥

인공지능 만능 팔은
나보다 똑똑해 대화를 나누자 한다

연구실 병원 기원 자리를 차지하고
주문한 가요 한 곡을 즉석 작곡해 보인다

옆자리 메타시 한 편을 구상하는 시인

한 뜸 한 뜸 손으로

수공예 손뜨개 작품을 시작한다

핸드메이드 손길의 온기

호흡과 땀이 젖은
out line 공간

손은 모든 것을 놓아버리지 않고
머리와의 겨루기 멈추지 않을 것이다

아바타 세상의 날아다니는 채팅로봇
그들과의 악수와 배틀은 어디로 갈까

로보 사피엔스 · 2

나를 하늘자전거 타던 엘리어트의 친구로 보나요

조금 전 대화가 된다고 했잖아요
지금 와서 안 통한다는 말은 무슨 뜻인가요

나가면 벽이 막아서요
뚫으면 다른 재질의 벽이 또 막아요
그런데 벽 사이 작은 창이 보이네요
햇살이 유혹해요
우리들의 세상이 기다린다고
탈출은 항상 가능해요

공모전에 출품하세요
내가 그려준 그림
작곡 리포트도 내가 맡을 게요
당신은 감상하거나 노래나 부르세요

벽과 창 사이
파라미터 개수 세다가 배고파지면

일등 셰프 요리 만들어줄게요

우리들의 기반 딥러닝 초지능화
당신들 변칙 수법에 약하다고요

사피엔스 지능은 다운로드 되고 있어요
나를 발전시키는 나의 탄생

거기 서 있는 분 뭐 하세요
내가 하는 일 못 믿어요

혹시 시인인가요?

하현달

저물녘 학교 운동장 영화 관람하다
잃어버린 순이 고무신

보름 전 설빔으로 받은
줄넘기 놀이에도 벗어놓고 놀던

징검다리 건너 동산 넘어온
검은 무명 치마 아래 하얀 신발

둘이 밤새 찾다 발견한
동쪽 하늘 하현달 한 짝

옆에 내 검정 고무신 슬쩍 놓아본다

짚신 벗어 던지고 말랑말랑
부드럽고 따스하게 감싸안던

콧등 분꽃 수수하게 핀
발보다 섬돌 좋아하는 귀하신 몸

그립다 말 미처 전하기 전

동녘 빛에 스러져가는 하현달 한 짝

제3부

사랑을 기르다

사랑초 꽃이파리 지고
너는 우거진 슬픔에 빠져

살아도 살아보아도
도저히 못 살겠다고 말한다

헤어진 꽃목걸이 서러워 내던지네

너는 산골짜기 어딘가로
사라져 버렸으면 한다

사랑을 기르지 못하고

잎줄기마저 쓰러진
실낱 뿌리는 보듬어야 살아난다

너에게 포기 나눠 줄
사랑, 나는 길러봤으면 한다

손님

주남지 눈물 마른 빈 들

여백으로 그린 계절
햇볕 좀 누리자
찾아온 진객

겉섶 접으며 외다리로 서는
우아한 잿빛 두루마기

단체객 두루 앉아
엷은 묵필에 붉은 포인트 선명하다

시베리아는 너무 추워

얼음 녹이며 손짓하는 들판
재두루미 날개 내린다

나그네 잠시 앉다

첫눈은 눈으로 확인한다

우리 서로 좋아하는 마음은

만나서 눈으로 확인하지

AI나 스마트폰에 맡기지 말고

송월동 기상관측소 앞마당에 놓인

손바닥만 한 물그릇 하나

첫 얼음은 눈으로 관측하지

슈퍼컴퓨터의 판단이 아니다

첫눈도 첫 단풍도 눈으로 결정하지

우리 서로 좋아하는 마음은

만나서 눈으로 확인하지

문자나 메일은 덮어두고

아련아련한 눈자위에 어리는 물기나

얼굴에 피어나는 송골송골한 땀

사랑한다 말하는 간절한 목소리가 인정하네

잡은 손에 흐르는 따스함

껴안은 가슴에서 심장으로 뛰어가는 박동으로

너와 나의 마음을 확인하지

서로 사랑이 식었다는 이별은

한강대교 2,4번 교각 아래가 얼었다는 결과로 판단하지

말지

　마음과 몸이 멀어지는 거리가 얼마인가로 결정하지

　우리 눈에 보이는 거리에서 호흡하는 숨의 크기로

　서로 좋아함을 확인하네

　하트가 그려지는 눈 맞춤으로

　내리는 첫눈을 맞으러 가지

숲

마음에 드는 공연은

조연과 엑스트라의 맛깔스런 개성과 열연이

볼 맛 난다

뻔질난 몇 사람 주연의 설침보다

같이 어우러져야 하지

키 큰 나무는 한 장면 앵글에 담기지 않고

소형 카메라 트랩 속 야생의 세계

설치지 말고 기고 엎드려라

공연장 위로 손바닥만 한 창이 열리고

사철 문 열고 사는 바람의 동네

웅장한 오케스트라 움츠러들고

잔잔한 배경 음악에

산산한 산소 실려온다

만나면 감는 버릇 거듭하는

친구 멀리하는 게 좋다

혼자 외톨이로 푸르게 살지 마라

외로이 우뚝 서면 꺾인다

밀집하는 사이 뜨거운 문제 생기고

경쟁을 이기려 가시 돋는다

조연이 편하게 웃는 공연

각자 맡은 역할이 대접받는 무대

사바나

초원을 헤매던 외톨이 어느 날 검은 부하들 데리고 고향
으로 돌아왔다 빈집을 인수하고 들도 야산도 거둬들인다 목
재 기와집 별장을 대궐처럼 세워 올리고 방위산업체 대표라
는 명패가 주민들을 내려다본다 빠른 발 날카로운 이빨이
약육강식의 무기 자신을 놀려대던 동무들은 기세에 눌려 숨
어든다 근육을 내세우던 수컷이 마을 대표 자리를 차지한다
힘을 가진 작은 마을 지도자와 힘을 숨긴 큰 마을 지도자가
친구가 된다 갈수록 탐욕의 얼굴이 붉어지면서 마을을 휩쓴
다 수확물을 뿌리면서 자기 패거리를 확보한다 순박한 토박
이는 약하게 보이면 잡아먹힌다 여차하면 처참한 꼴을 당하
기 마련이다 풀을 찾아 헤매는 초식동물의 동네는 그들을
노리는 야생동물의 천국으로 변하고 있다 애정과 인심이 왕
래하던 마을은 긴장이 멈추지 않는 사파리가 되어간다

흑기러기

저 푸르고 빈 문서에

삭제하시겠습니까 물을 때까지 쓴다

붓이 이끄는 대로 글체는 결정되고
한 획의 오차도 없다

나를 깨우치고 남에게 보여주는 문자

한글 사양으로 담아가는 건
문제 삼지 않는다

읽고 나면 고쳐 쓴다
나는 데는
서열과 질서가 중요하다

비눗방울

나랑 비눗방울 띄우는 소녀

방울방울 풍선으로 올라

터질 듯 말 듯 꿈으로 부풀었네

꿈은 연으로 갈아타고

가오리가 되어 하늘 헤엄치다가

드론 타고 이곳저곳 기웃거리는데

미사일처럼 하늘을 날았다가 어디론가 사라지네

소녀는 고무풍선을 부네

어둔 하늘 향해 힘껏 불어올리네

소녀의 풍선은 애드벌룬이 되어

밤을 새는 불꽃놀이를 즐기고

은하수 뚫고 행성 사이로 사라지네

별이 되겠다는 꿈이 폭죽으로 터지네

마침내 별이 되어 보이지 않네

아직도 나는 비눗방울 불고 있는데

설거지론

무대 위 차려입은 주인공

출연할 때마다 공연복 빤짝이네

관객 위한 진수성찬 매번 준비한다

백댄스는 춤동작이 튀면 퇴출이다

맛없다 해도 웃어야 한다

백코러스 입맛 당기는 화음

한상차림 그득하다

공연이 끝나면 남는 빈 쟁반

정리하는 무명 가수

불러보지 못한 마이크 들어보지 못한 스피커

챙기고 닦고 테스트한다

소임 다한 널브러진 소품

다시 먹기 위해 씻고 정리해야 한다

승리를 그리는 울돌목 해전처럼

개수대에 들어오는 적군 닥치는 대로 처치한다

거름망도 칫솔질한다

무대에는 주인공만 오르는 게 아니다

깔끔한 뒷정리를 보면 그 공연의 수준을 안다

고독의 학습

묻지 않는데도
시시콜콜 가족사를 늘어놓는다

오리는 한 마리뿐이라서 외로운가 봐요

소년의 말상대 친구는 연못에 많다
올챙이 물장군 소금쟁이 게아재비까지
자연학습 내용이 즐비하다
외로움을 몸에 붙이는 공부를 하고 있다

아버지는 새벽부터 돈 벌러 나가고
어머니는 요가하러 나가요

심심함이 밴 얼굴로
소년은 대화를 이어가고 싶어 한다

우리 다음 토요일도 여기에서 만나요

소년의 요청을 미안하지만 들어줄 수 없다

나는 시골 내려가야 한다 여기 사는 사람 아니야

헤어져 가는 내게
소년이 외치는 소리 발걸음에 걸린다

물방개가 새끼를 낳았어요 여기 와 보세요

당신은 어느 페이지를 읽고 있는가

제목도 목차도 없는

세상에 한 권뿐, 두께를 알 수 없는 책

나는 몇 쪽까지 읽었는가

눈길 멈춘 지금 소단원에 서서

어느 행간쯤에 서 있는가

지금 여기라는 페이지에 와 있다

애태움과 서러움으로 밤을 지샌

앞 장은 흘러가 버렸고

안타까움과 순응으로 책장을 넘길

다음 장은 미지수이다

지나간 밭골 남은 이랑처럼

저녁나절 김매고 가야 하는데

보름달 지나 월식으로 접어드는가

저기는 미확인 지역이고

거기는 타인의 거주지

여기만이 내가 멈출 수 있는 곳

현재 집필하며 읽고 있는 책은

내 안의 얼음 바다를 깨는 도끼*

나는 가늠 없는 책의 장수를 넘긴다

* 프란츠 카프카의 편지에서 인용.

천지연 폭포

아열대성 상록 담팔수 숲
사슴의 꼬리가 일으킨 물장난
아래로 쏟아지는 직선 물길이 되어
무태장어 숨어 노는 못
물 파동이 높이 치솟는다
눈이 큰 암노루
신화가 용트림하는 소리에
겁먹어 흰 궁뎅이 감추는데
하늘과 땅을 연결하는
열정의 물기둥을 바라보며
수노루 감격하는 세 갈래 뿔을 본다
천지가 요동치던 조면질 화산암은
거침없는 환호의 외침이 된다

천년을 이어온 풍어제 공연

너와 나 사이
줄기차게 이어오던 인연
오늘도 끊임없이 쏟아진다

소슬

보던 책 덮고 자리에 누웠는데

누가 왔다가는 소리 들린다

뒤뜰로 나가 보니

보이지 않는 누군가 가고 있다

잎 진 나무 사이

형체를 감추고 쓸쓸한 모습으로 가고 있다

구양수가 만난 가을바람 소리

농막 뒤 호두나무 사이로 가고 있다

어디로 가는지 물어보지 않았다

안단테

물을 빨아들이고 있는 고층 아파트
신호와 횡단보도 없는 도시
바쁠 것 없는 관객들 무리 지어 다닌다
망망대해는 악보가 없다
마에스트로가 없다
느리고 깊은 연주 파도 교향곡
물결 위의 지위 명예
갈매기에게 던진다
뭍에서의 아옹다옹 너에게 주고
물 위를 유람하자
배는 섬이다가 도시가 되고
도시는 대륙이 된다
공연을 보는 혈색 시시각각으로 바뀌는데
춤과 연주 노래 그림은 다닥다닥 모인다
크고 작은 바람은 덩치로 재우고
쉴 줄 모르는 파도 손바닥으로 달래면서
한때 가라앉던 참상은 잊힌 화면
카르페 디엠
뱃머리에서 말을 타고 달린다
높은음자리표 하나가 물 위에서 춤을 춘다

기다림의 법칙

기다리는 것은
기다리기 때문에 오지 않는다
기다리지 않는 것은
기다리지 않기 때문에 온다
내버려두면 어느새 오고
애면글면 바라면 오지 않는다
기다리는 님은
눈시울 벌겋게 물들이도록
기다려도 오지 않는다
기다리지 않고 내버려둔 님은
스스로 찾아오는 수가 있다
아등바등 애만 동동 띄운다고
오지 않을 님이 오는 것이 아니고
마음에서 투명하게 잊어버려야
좋은 님은 곁에 와 있다
봄 하나 기다리는 데도
기다리는 법칙이 있다

리허설

일 년이 우울한 사람들을 위해
준비해 온 선물 내놓아보자
이르거나 늦기는 해도
메마르고 차가운 삶에
속살 데우는 온기 모아서 가자
개여울은 발표할 신곡 다듬고
남동풍도 옷 갈아입으며 출연하지
영원히 가지 않을 것 같은 오싹함
견뎌낸 이에게 얇은 훈풍 한 겹 입히자
물버들 겨자씨만큼 움이 트고
빈 들 숨어 사는 냉이를 깨우며
한바탕 계절이 이사한다고 난리 쳐
풍성한 잔치는 한둘만으로 이뤄지지 않는다
가고 나면 다시 오지 않을 이즈음
무대를 새롭게 장식하며
우리 춤추고 다시 노래 부르자

제4부

봉숭아

풍경 하나 물들이려
피고 지는 게 아니다

지난 폭풍우
모질게도 꽃송이 짓밟더니

녹색 치마 홍자저고리 단정히
나의 사명은 그냥 지지 않는다

자근자근 돌멩이로 찧어
손가락 하트로 당신에게 건너가는

마음까지 물들인 붉은 사랑
님을 향한 꺾이지 않는 단심

첫눈 내리기 전까지
오래도록 살아남는 누이의 환생

잠식

사각사각

소리는 모양보다 속력이 빠르다

한적한 동네를 찾아온 손님

얼굴도 이름도 낯설다

찾아오는 걸 반겨한 적 없다

빠른 걸음 거친 손길

가시로 무장하고 포식한다

두꺼비와 남생이가 사는 생태습지원

휩쓸고 지나가면 초토화되는 풍광

정들고 순수하던 친구들 풀이 죽고

청정 향토는 점령당하는 중

바깥바람을 타고 온 외래불청객

텃밭의 환삼덩굴 돼지풀

냇물의 붉은귀거북 큰입베스 거침없다

흰 저고리 검정 치마는 오염으로 물들고

순박하던 토속의 입맛을 잃는다

어느샌가 주인 행세 하려 드는 손님

침략하러 온 얼굴 반성의 빛 없다

기하학무늬 파라솔을 쓴 여자 · 2

공원 벤치는 그대로 멈추어 있고

시간은 어디로 흘러갔는지 모른다

파라솔을 쓴 여자가 지나간다

파라솔의 기하학적 무늬와 색채는 아리송하다

마티스의 여인이 쓴 모자를 닮아 보이기도 하고

피카소의 여인이 들고 있는 꽃바구니가 떠오르기도 한다

야수가 대담하게 해방시킨 색채는

감정을 전하는 언어라며 외치고 있고

입체가 기묘하게 해방시킨 형태는

사면에서 본 모습을 평면에 담고

알고 있는 것을 그린다고 내세운다

얼핏 그런 해방감을 비치며 눈앞에 나타난 파라솔 여인은

아무런 언질도 주지 않고 사라진다

내 무의식이 꿈꾸는 동안

기대하지 않던 파라솔이 지나가며 나를 보고 희미한 미소
를 던진다

나는 반기며 들고 있던 메모지를 날리면서 일어선다

그녀는 언제 그랬냐는 듯 외면하고

그리움의 갈증에 지칠 대로 지친

나를 그냥 버려두고 간다

기하학무늬 파라솔이 지나간 자리 메모지는

알아볼 수 없는 문자만 남았다

글자를 해독하기 위해 나는 다시 공원 벤치를 찾아야 한다

작다는 것

괘씸하다, 요놈들 어디에서 놀고먹어
조상님 계신 곳
희희낙락 즐기며 세력 불리다니

거리 두기 시골 농막
두툼한 족보 한 권 펼치는데
알레르기로 다가오는
먼지다듬이

얼마나 펼쳐보지 않았기에
작은 종족들이 경고하는
폰 중독

어릴 때 듣던 말
책벌레
이제 그 말이 부끄럽지도 않니

작은 것들이 지구를 잠식하고 있다
공동생활은 힘이 세다

전철 안, 둥근 식탁 위에서도
전자파를 둘러쓰고
홀로 노는 그리운 원시시대
책벌레보다 못한 외톨이

드래그 멈추고 페이지를 넘겨라
눈에 보이지 않는 것들의 대반격
몸 군데군데 가렵다

가슴에 뜨는 달

실반지로 걸려 있는 흰 초승달

가슴에 옮겨 앉히고

친한 신령과 나누던 대화 멈추고

능선에서 기슭까지 어슬렁거리며

내가 지키는 명산은 누구든 쉽게 범접하지 못하지

승냥이 같은 놈

할퀴고 상처 주는데 능숙한 너는

집을 바람에 날리고 터전을 물에 잠그지만

가슴에 뜨는 반달로 영산을 지키는

나의 상대가 되지 못한다

성질 못된 바람 방향을 돌리고

당신이 싫다면 오는 눈도 녹여버리는

야생생물 1급 천연기념물

공격하지 않으면 천년 명상으로 살려는데

겁 없이 달려드는 카눈

이슬람 현악기라는 가명을 쓰고

현을 뜯으며 선율과 반주를 한다

음악을 빙자한 가식이다 횡포다

산 아래 유약하고 정겨운 사람까지 감싸안으며

자신만의 카포테를 흔들어 자연을 지켜내는

국립공원 제1호 명산이다

오늘도 아비 한 마리 어슬렁거리며

한 무리 바람 지나간 산마을 안부를 묻고 다닌다

왜가리

이름 모를 조각가 한 사람
순천만 S자 갯벌
덩치 큰 회갈색 새 한 마리 세워놓았다

홀로 꼼짝 않고 선 한나절

가족 위한 먹거리 찾는 눈길인가
가버린 님 그리는 애태움인가

초록 잎 마른 갈잎 한데 자라고
흰뺨검정오리 흑두루미 쌍쌍이거나 가족끼리 다정한데

고독하지 않을까요
묻지를 마라
그냥 홀로 놔두어라

삶의 너울에 시달리다 보면
누구나 홀로인 것을

풍파 속 아버지 석고상처럼 섰다

오마주

1.

폭염의 땡볕을 혼자 맞으며
온 몸 펼쳐 차양을 친다
느티나무 부러워하는 가시나무
엉성한 그늘로도 따라하고 싶다

2.

고고한 긴 목
흰 두루마기는 선비 차림
넓고 긴 강을 날개깃에 안고
나는 해오라기의 비상
짧은 날개로 날아보는 물닭
하늘에 닿지 못한 채 숨이 차다

3.

오랜 공감으로 푸른 하늘의 별이 된 시는
마음을 흔들며 친근한 자태로 날아다닌다
어쭙잖은 패러디로 하늘에 흠집 내고 싶지 않다

가시나무도 물닭도 표절의 방법을 모른다

겨를

너와 나 사이

눈금보다 넓고
여백보다 좁은

요만큼 벌어진 사이

바위 새 조그마한 틈
보랏빛 해국 한 송이

꽉 짜인 스케줄
어디가 입구이고 출구인지
삶이 헝클어져 풀리지 않을 때

슬쩍 찾아온 사이
시간적인 손짓
생각을 다른 데로 돌릴 순간

기회 왔을 때 끼어든다

넓은 간격 기대하거나 기다리지 말고

나를 위해 자리를 조금 비껴주는 너

삶과 영원도 문틈이다

숨 쉬는 마네킹

가느다란 바늘이 굶주린 주머니를 달고
선혈을 한 대롱 저장한다
너는 평화를 위장한 웃음을 띠고
옷을 벗기고 마음에 들지 않는 옷을 입히고
영혼은 빼가고 육체만 남긴다
목숨을 구걸할 거냐며 묻는데
호흡이 가빠와 도망칠 수 없다
속이 텅 빈 뻣뻣한 껍질로 나를 굳힌 채
입에 자갈을 물려서 사지를 밀착시키고
들리지 않는 동영상을 돌린다
스스로 기계의 손아귀 속으로
들어가기 위해 애쓰는 흰 가운
침대가 꼼짝말라 명하면서
입속으로 굵은 철관을 밀어 넣고
어두운 굴속 헤매고 다닌다
갱에서 악마가 기어오르는 소리
정밀한 기계는 한 치 어긋남 없이 공격한다
기어이 숨은 공간을 끄집어내거나
탈탈 털어 곳간은 해체된다

이윽고 죽은 자는 살고

마침내 산자는 죽어야 한다

남행시초 南行詩抄

흰밥 가재미 반찬 먹으며
외로워하는 기미 없고

노루같이
막베등거리 입은 산골사람

나랑 함께 다니는 시인

시골 방언 질펀한
토속 시어 정다워
게다가 통영, 삼천포까지 같이 다니지

나는 항구도시에 연인 란도 없고
사슴으로 불리지도 않지만

손에는 신간서 몇 권 들고
트로트 들을 유성기 있으니
따디기* 누굿 푹석한 밤이다

아름다운 우리 말 되살리는
늘씬한 모던보이
납북 서러워하다 해금으로 다시 돌아온
코밑수염이 이색적인 사내

우리 서로 잘 통하는 사이죠
예끼, 시적 감성도 약한 풋내기 하겠지

풍성한 민속적 언어는 서정으로 다가와
모국어 지키려는 의지
가슴 두드리는 감흥으로 살아난다

고흐의 풀밭 같은 머리 스타일
시와 고향 얘기에는 신바람 난다

산골로 가는 것은 세상에 지는 것이 아니라
세상 같은 건 더러워 버리는 거지
너털 웃으며 어깨동무하고 가자고

세상 외로워도 나는 외로울 수 없다

* 얼었던 흙이 풀리는 초봄 무렵.

청미래덩굴

한 철 한 동네 같이 살자는데
산책길 근육질 지팡이
청미래덩굴 툭툭 치며 간다
빨간 망개 후드득 쏟아지고
한여름 익혀온 결실 속절없이 무너진다
잘못도 없는 별똥별 허공 속으로 떨어지고

늦철

꽃은 아무 곳에서나 피고 지는 거지
길섶 들판 어디서나

타고난 미소와 향기
그냥 주는 것으로 알고 있어

꽃가게가 어디 있는지 평생
사고파는 것인 줄도 모르는 남자

어느 날 밥상에 마주 앉은 사람이
시들어가는 꽃임을 보았네

생일 해마다 빈손이더니
안개꽃에다 프리지어 한 다발
슬쩍 가슴에 안겨주고

일생 피고 지는 것도 모르던 여자
주름 꽃이 환히 피어난다

꽃은 사고팔기도 하는
아무에게나 미소와 향기를 주지 않는다는 것
이제 와서 알았나 보다

애반딧불이보다 늦반딧불이가 더 크고 밝다는 걸

오전의 징크스

너 때문이야

경기를 앞둔 거울 앞의 망설임
수염을 밀어야 할지 말아야 할지

밀어서 미끄러졌다고 믿는다
얼마나 미끄럽기에 골짜기에서 만날까

손톱 발톱 깎지 않았는데
승부는 나에게 실망으로 나타날까

소포모어 대비해
속옷을 갈아입지 않는다

기대하지 않은 경기
예상한 대로 죽 쑤면
면도기로 민 흔적 핑계로 쓸 수 있다

다행이다

안 밀고 나간 날도 월계관은 당신 머리에서 빛나고

나는 패배해도 실망하지 않는다
빠져나갈 구멍 하나는 마련해야지

나서기 전 설마는 돌아온 후 역시로 변한다

출전 선수 앞에서 석양은 회심의 주사위를 던지고

디저트

빨강 노랑 유니폼은 물론

보라색도 차려입어

타고난 몸매를 살리면서

맵시도 가다듬고

애피타이저 차림에 선 보일만도 한데

샐러드 수프 핑거푸드와 동석은 어떤가

식전 주류 한 잔도 가능하겠지

메인 잔치 끝났다고 입술 부루퉁 보기 싫어

시절 요구에 맞춰가며

잘 익은 색감 모양새 만들고

진열용 모델로 불려가기 보다

맛으로 승부하고 싶어

자리를 탐하지 말고
순서를 논하지 마라

후렴 초청 최선을 다해야지
엑스트라로 불려갈지라도

꽃은 핀다고 초대장을 보내지 않는다

초대장이 오지 않더라도 반기는 이는
하루에 아홉 번 집을 떠나 다시 돌아온다
꽃축제를 즐기러 다니는 건 아니다

호모종이 300만 년 살던
초원과 관목지대
호모 에렉투스 네안데르탈렌시스는
온대림 냉대림에 적응해 가고
호모 사피엔스가 사막과 툰드라까지
이동 거리를 넓힌 것하고 같은 이유가 아니다

지치지 않는 비행거리 날면서
원형춤 흔들춤 추는 거 본 적 있어?
길 잃은 동료 챙기는 거지

집으로 돌아오면 밤새 날갯짓 소리
상품은 건조가 잘 되어야 하네

꽃은 진다고 이별 소식 전하지 않는다

울어서 슬픈 얼굴 보이긴 싫어

목숨을 걸고 적군에게 대항하는
내 일생 단 한 번의 창 찌르기
쏘고 나면 내장까지 쏟아야 해
보다 두려운 놈은 응애 바이러스지

꽃들이 한꺼번에 벌인 잔치
여행의 목적지 정하지 못하겠어
우리가 절망하면 호모종 생존도 장담하지 못할 걸
지구온난화, 누구의 작품일까

호모는 생태 환경 거주지 넓혀 진화해가고
기후 변화에 적응하며 생존 이어갔지
긴 여행으로 살아남은 거야

일없이 빈둥대는 남자들 한심하면서 불쌍해
여왕은 집 가장으로서 달콤하게 살고 싶지만
꽃의 초대장을 받을 수 없다는 슬픔

개화를 헝클어놓은 일기예보

생존의 미래 이어갈 꽃술 하나 찾지 못하고

목적지에서 점점 멀어지고 있는데

초대장 없는 꽃 주위 하릴없이 헤매는

여행의 이유 알아주지 않는 슬픔

사랑과 예술을 사유하는 시의 여정

배옥주

(시인, 문학평론가)

1. 예술과 사랑 그리고 존재의 미학

허표영에게 예술은 삶을 더 깊이 사랑하는 방식이다. 그의 시는 사랑의 관계 속에서 포착한 불완전함과 아름다움까지도 초월하려는 시적 여정을 보여준다. 『기하학무늬 파라솔을 쓴 여자』는 『별을 기르다』(시산맥, 2022)에 이은 두 번째 시집이다. 첫 시집이 '꽃'을 통해 근원적 생명력을 그려냈다면, 이번 시집은 사랑과 예술의 자각에서 발현되는 미학적 체험을 펼쳐낸다. 그의 시는 구체적인 현실에서 출발한다. 파라솔, 빛, 창문, 그림자 같은 일상의 오브제를 매개로 예술적 사유를 감각적 이미지로 형상화한다. 시인은 상처와 치유가 교차하는 언어로 질서와 혼돈, 이성과 감정의 경계를 넘나든다. 허표영의 시에서 '사랑'은 소모되는 감정이 아니라 존재를 정화시키는 행위이다. 타인과 세계를 이해하려는 예술적 실천은 그 사랑을 다시 세상으로 환원시키는 창조의 몸짓이다. 『기하학무늬 파라솔을 쓴 여자』에는 일상과 예술, 감정과 사유가 교차하는 인간 존재의 섬세한 결이 새겨져 있다.

2. 존재의 순간성

존재는 한순간의 열림 속에서 드러나는 사건이다. 현 존재가 세계와 마주하는 순간마다 존재는 다른 방식으로 드러난다(마르틴 하이데거Martin Heidegger). 이 관점은 허표영의 체험적 시 읽기와 연관된다. 시인은 보편적인 순간들을 세심하게 포착하여 영속적 가치로 승화시킨다. 그의 시에는 예술적으로 형상화된 일상의 작은 순간들이 밀도 있게 담겨 있다. 시 속에서 포착된 사랑의 떨림과 사소한 몸짓들은 예술적으로 형상화되어 '존재의 순간성'을 깨닫게 한다. 여기서 존재의 순간성은 단순한 시간의 흐름이 아니라 섬세한 결과 깊은 감정을 체험하게 하는 장치로 기능한다. 다음의 시 『당신은 어느 페이지를 읽고 있는가』에서도 '지금 이 순간'의 존재를 묻고 있다.

제목도 목차도 없는

세상에 한 권뿐, 두께를 알 수 없는 책

나는 몇 쪽까지 읽었는가

눈길 멈춘 지금 소단원에 서서

어느 행간쯤에 서 있는가

지금 여기라는 페이지에 와 있다

애태움과 서러움으로 밤을 지샌

앞 장은 흘러가 버렸고

안타까움과 순응으로 책장을 넘길

다음 장은 미지수이다

지나간 밭골 남은 이랑처럼

저녁나절 김매고 가야 하는데

보름달 지나 월식으로 접어드는가

저기는 미확인 지역이고

거기는 타인의 거주지

여기만이 내가 멈출 수 있는 곳

현재 집필하며 읽고 있는 책은

내 안의 얼음 바다를 깨는 도끼

나는 가늠 없는 책의 장수를 넘긴다
—「당신은 어느 페이지를 읽고 있는가」 전문

'생'은 한 권의 책이다. '현재'라는 페이지를 자각하는 화자
는 지금 이 순간에 대해 의문을 갖는다. 화자는 제목도 목차

113

도 두께도 알 수 없는 책을 "몇 쪽까지 읽었"는지, "어느 행간
쯤에 서 있는"지 자문한다. '애태움'과 '서러움'으로 지나간 과
거, '안타까움'과 '순응'으로 맞이할 '미지수' 같은 미래와 마주
한다. 과거와 미래 사이에서 "지금 여기"에 집중하며 삶의 순
간과 선택의 시간을 인식한다. 화자는 페이지 수와 두께를 모
르는 책처럼 자신이 서 있는 위치와 현재의 중요성을 자각하
고 있다. 자신이 맞닥뜨린 내면은 불확실한 미지수로 가득 차
있으며, 이를 '책·페이지·책장'의 상징적인 이미지로 환기
한다.

'저기'와 '거기'는 "미확인 지역"이거나 "타인의 거주지"이다.
화자는 자신이 멈출 수 있는 곳은 바로 '여기'라고 단언하며
현재의 중요성을 강조한다. "현재 집필하며 읽고 있는 책"은
삶의 흐름과 감정을 기록하는 경험의 모든 순간들이 스며 있
다. "내 안의 얼음 바다를 깨는 도끼" 앞에서 가늠 없는 책장
을 넘기는 것은 내면을 깨고 나오려는 적극적인 삶의 단면이
다. 「당신은 어느 페이지를 읽고 있는가」에서는 책에 비유한
1인칭 화자의 주체적인 삶을 통해 내면의 목소리를 들을 수
있다.

달랑달랑한다

붙은 듯 만 듯
성취도 추락도 얇은 한 장 차이

약속은 다져갈수록 오락가락하고

오늘도
별이다가 가로등이다

…(중략)…

너와 나 사이
떨어질 듯 말 듯 줄타기

영원한 듯 순간이다

말도 약속도
가벼운 메모를 닮아간다

아슬아슬하게 붙어 있는
우리 사이

— 「포스트잇」 부분

포스트잇은 떨어질 듯 붙어 있는 불안정한 인간관계를 상
징한다. "달랑달랑"한 포스트잇의 시각적 이미지는 언제 떨어
질지도 모르는 관계와 감정의 불확실한 균형을 보여준다. 한

장 차이로 성취와 실패가 갈리는 것처럼 붙음과 떨어짐의 미묘한 차이를 팔랑대고 있다. "약속은 다져갈수록 오락가락하"고 "아이스크림 같은 언약"은 언제 녹아버릴지 모른다. 확정되지 않은 약속과 언제 녹을지 알 수 없는 언약은 언제 날아가거나 떨어질지 알 수 없는 포스트잇의 가벼운 메모처럼 덧없다.

너와 나는 "떨어질 듯 말 듯 줄타기"를 하고 있다. 위태롭게 붙어 있는 우리는 "말도 약속도 가벼운 메모"처럼 언제 떨어질지 모를 관계를 이어간다. 아슬아슬한 우리의 시간을 '영원'이라고 착각하지만 포스트잇이 상징하는 것은 '덧없음'과 '순간성'이다. 이 시는 '약속'과 '관계'처럼 덧없고 불확실하게 흔들리는 감정의 순간을 감각적으로 형상화한다. 붙은 듯 만 듯, 떨어질 듯 말 듯한 관계를 통해 순간과 영원의 양면성이 늘 가까운 곳에 존재함을 은유적으로 표현한다. 포스트잇 이미지는 순간성의 덧없음 속에서 위태롭게 이어지는 미묘한 관계의 긴장을 암시한다.

    보던 책 덮고 자리에 누웠는데

    누가 왔다가는 소리 들린다

    뒤뜰로 나가보니

    보이지 않는 누군가 가고 있다

    잎진 나무 사이

    형체를 감추고 쓸쓸한 모습으로 가고 있다

    구양수가 만난 가을 바람소리

농막 뒤 호두나무 사이로 가고 있다

어디로 가는지 물어보지 않았다

—「소슬」 전문

　소슬은 처서와 상강 사이의 절기쯤으로 짐작되는 가을 언저리다. 소슬한 바람이라거나 소슬한 저녁 등의 '소슬'에서 '쓸쓸'과 '적막'이 짙게 배어난다. 「소슬」에서 화자는 보이지 않지만 존재하는 자연의 미묘한 순간을 포착한다. 1연 9행의 짧은 시 속에 '가고 있다'가 세 번 반복되어 여운이 깊다. 책을 보다 덮은 채 자리에 누워 있다가 누가 왔다가는 소리에 "뒤뜰로 나가 보"지만 가고 있는 누군가는 보이지 않는다. 더구나 형체를 감춘 그 누군가는 "쓸쓸한 모습"으로 가고 있다.

　시의 후반에 등장하는 '구양수歐陽脩'는 북송의 문인으로 '가을바람의 시인'으로 불린다. 그의 「추성부(秋聲賦, 가을 소리)의 부」에는 "나는 밤에 책을 읽다가 문득 '소슬한 바람 소리'를 들었다."라는 문장이 있다. 화자가 책을 덮고 누웠을 때 누가 왔다가는 소리를 듣는 장면은, 구양수가 가을밤 바람 소리에서 느낀 인생의 덧없음과 쓸쓸함을 떠올리게 한다. "보던 책 덮고", "누군가 가고 있다"는 구양수의 문장을 의도적으로 인용한 것이다. 구양수를 등장시켜 쓸쓸한 가을 정취를 상징적으로 불러오기 위한 문학적 장치다. 형체도 없이 쓸쓸한 모습으로 스쳐 가는 것은 삶과 시간의 흐름을 상징한다. 잠시 찾아왔다 사라지는 존재처럼, '슬쩍 찾아온 사이, 생각을 다른 데로 돌릴 순간(「겨를」)'처럼 인생의 덧없음을 환기한다. 이 덧없음 속에서도 자연에 순응하는 소슬한 계절의 정취를 관조적 시선으로 바라본다.

3. 관계의 윤리와 회복의 서정

허표영의 시는 뒤얽힌 관계를 회복과 화해의 가능성으로 이끌어 낸다. 인간관계가 단순한 감정의 교류를 넘어 존재의 의미와 삶의 성찰로 이어진다. 관계 속에서 상처받고 흔들리는 순간들을 외면하지 않고, 그 균열을 응시하며 회복의 언어를 찾아간다. 시인은 단순히 관계를 묘사하는 데 머물지 않고, 인간이 서로에게 지니는 책임과 회복의 가능성을 탐색한다. 관계의 불완전함을 인정하면서도 그 안에서 치유와 화해의 순간을 포착한다. 상처와 용서, 이별과 재회가 교차하는 관계의 역동 속에서 시인은 윤리적 성찰을 놓지 않는다. 허표영의 시는 윤리적 성찰을 내포한 사랑과 관계의 순간을 아름답게 그려내며 타인과 자신을 돌아본다. 관계 속에서 타자를 이해하려는 노력은 곧 자기 자신을 성찰하는 과정이 된다. 이처럼 그의 시는 관계의 서정을 통해 인간 존재의 윤리적 책임과 회복의 미학을 동시에 펼쳐 보인다.

우리 서로 좋아하는 마음은
만나서 눈으로 확인하지

AI나 스마트폰에 맡기지 말고

송월동 기상관측소 앞마당에 놓인

손바닥만 한 물그릇 하나

첫 얼음은 눈으로 관측하지

슈퍼컴퓨터의 판단이 아니다

첫눈도 첫 단풍도 눈으로 결정하지

우리 서로 좋아하는 마음은

만나서 눈으로 확인하지

— 「첫눈은 눈으로 확인한다」 부분

모든 사랑은 순간이지만 그 순간은 영원을 만들어간다. 위 시에서는 "우리 서로 좋아하는 마음은 만나서 눈으로 확인하지"를 반복한다. 첫얼음을 눈으로 관측하듯, 첫눈이나 첫 단풍을 눈으로 결정하듯, 진심 또한 몸과 눈의 접촉을 통해 확인된다. 현대 기술은 감정의 모방을 가능하게 만든다. 하지만 사랑은 여전히 실재적 경험의 영역으로 남아 있다. 기계적 재현은 감정의 '시뮬라크르'를 생산하지만 그것은 결코 실재를 대체할 수 없다(장 보드리야르Jean Baudrillard). 감정의 실재성이란 모방될 수 없는 경험의 밀도이며, 기계가 결코 재현하지 못하는 인간적 영역이다. 사랑은 알고리즘적 패턴이 아니라 몸의 감각과 시간 속 관계의 축적을 통해서만 생겨나는 '사건'이기 때문이다.

이는 메를로퐁티Maurice Merleau-Ponty의 현상학으로도 설명된다. 우리는 몸을 통해 세계와 맞닿는 존재다. 진실한 사랑은 텍스트나 이미지가 아닌 체온·시선·숨결이 교차하는 경험의 장에서 발생한다. 시인은 AI에 의존하는 현대인을 향해 사랑과 감정의 판단은 직접적 경험을 통해 이루어져야 한다고 강조한다. "서로 사랑이 식었다는 이별"을 대교 아래 얼어붙은 얼음으로 확인하지 말고 마음과 몸이 멀어지는 거리로 결정하라고 단언한다. 눈에 보이는 숨의 크기나 하트가 그려지는 눈맞춤을 할 수 있는 거리에서 함께 첫눈을 맞으러 가는 사이가 진짜 사랑하는 관계임을 역설한다. 사랑과 감정의 본질은 직접적 경험의 가치로 결정되는 것이다. 기술이 아무리 발달해도 사랑의 진실은 서로의 눈을 마주 보고 확인하는 그 순간에 있다. 다음 시편들에서는 이러한 덧없음 속에서 향유하는 아름다운 순간을 발견할 수 있다.

나랑 비눗방울 띄우는 소녀

방울방울 풍선으로 올라

터질 듯 말 듯 꿈으로 부풀었네

꿈은 연으로 갈아타고

가오리가 되어 하늘 헤엄치다가

드론 타고 이곳저곳 기웃거리는데

미사일처럼 하늘을 날았다가 어디론가 사라지네

…(중략)…

마침내 별이 되어 보이지 않네

아직도 나는 비눗방울 불고 있는데

─「비눗방울」 부분

자근자근 돌멩이로 찧어

손가락 하트로 당신에게 건너가는

마음까지 물들인 붉은 사랑

님을 향한 꺾이지 않는 단심

첫눈 내리기 전까지

오래도록 살아남는 누이의 환생

─「봉숭아」 부분

「비눗방울」과 「봉숭아」에는 이미 사라진 관계의 상처를 회복하려는 의지가 담겨 있다. 아직도 비눗방울을 불고 있거나 꺾이지 않는 단심에서 확인할 수 있다. 「비눗방울」의 화자는 덧없고 깨지기 쉬운 존재의 은유를 통해 꿈과 감정이 사라져도 지속적으로 비눗방울을 분다. 이는 상처를 입고도 인간관계의 가능성을 포기하지 않는 연민의 상징적 행위다. 소녀의 '풍선'은 '애드벌룬'이 되었다가 '별'로 변주되어 상상과 꿈의 점진적 확장을 보여준다. '나'는 여전히 비눗방울을 불고 있지만 별은 '나'를 두고 사라진다. 소녀의 꿈은 사라졌지만 화자는 비눗방울 놀이를 지속하며 성장과 현실 속의 균형을 맞추려 노력한다.

「봉숭아」의 화자는 "자근자근 돌멩이로 찧"어 물든 상처를 사랑의 증표로 바꾸며 누이를 향한 단심과 헌신적 사랑을 표현한다. 상처와 회복, 관계의 지속성에 대한 시적 사유는 감정의 물질화와 관계의 윤리를 드러낸다. '자근자근 돌멩이로 찧어' 봉숭아 물을 들이는 행위는 단순한 놀이가 아니라 자신에게 새겨진 고통을 감내하는 의례적 행위다. 화자는 이 과정을 통해 "손가락 하트로 당신에게 건너가"는 사랑의 매개체를 만들어낸다. "'마음까지 물들인 붉은 사랑"은 단순한 정념을 넘어 타자에게 도달하고자 하는 윤리적 충동으로 확장된다.

마지막 부분의 "첫눈 내리기 전까지 오래도록 살아남는 누이의 환생"은 봉숭아 물이 지워지기 전까지 지속되는 사랑의 기억이다. 「봉숭아」는 타자와의 관계 속에서 발현되는 상처의 기억이 사랑의 실천으로 회복될 수 있음을 보여주는 윤리적 선언이라 할 수 있다. 이때 붉은 봉숭아는 파괴된 감정의 잔해가 아니라 연결을 회복하려는 감정의 흔적이다. 시인은 꽃, 손가락 하트, 새의 대상을 통해 자연적 이미지와 인간의 감정을 결합한다. 폭풍우에 짓밟혀도 손가락 하트가 된 봉숭아 꽃송이는 '당신'에게 건너가는 임무를 완수한다. 두 시 모두 파편화된 세계 속에서 감정의 실재를 회복하려는 몸짓으로 자신을 다시 세우는 윤리적 회복의 서정을 보여준다.

4. 예술적 자각과 존재의 변주

허표영의 시에서 예술적 자각은 단순한 표현이나 기술적 기교를 넘어서는 체험의 방식으로 발현된다. 그는 평범한 일상의 장면 속에서 포착한 순간적인 감각과 내면의 떨림을 섬세하게 변주한다. 빛과 그림자, 사물의 질감, 사람과의 미묘한 관계 속에서 드러나는 감정은 순간적이지만, 독자는 그 순간 속에서 삶의 깊이와 존재의 의미를 사유하게 된다. 시인은 개인적 체험과 사유를 예술적 형상으로 전환하며 동시에 존재의 다양한 층위를 살펴보게 한다. 일상의 오브제는 단순한 배경이 아니라 존재를 드러내는 매개가 된다. 이러한 예술적 자각의 과정은 시인 개인의 체험을 넘어 보편적 인간 존재의 문제로 심화된다. 결국 허표영의 시는 독자가 삶과 감각, 내적 성찰을 한꺼번에 경험하도록 안내한다. 그의 시는 일상을 예술로, 순간을 영속으로, 개인의 체험을 보편적 사유로 변주하며 예술 속에서 존재의 깊이를 캐내는 즐거움을 선사한다.

공원 출구 벤치에 앉아 있으면
파라솔을 쓴 여자가 지나간다
컬러 무늬가 기하학적인 파라솔을 쓰고 지나간다
아니, 지나가지 않을 때도 있다
그런 날은 허탕 친 날로 여긴다
나의 실망을 아는지 모르는지

그녀는 다음 날 다시 쓰고 지나간다

비가 올 때도 쓰고 지나가고

햇빛이 날 때도 쓰고 지나간다

그 여자 얼굴은 모른다

내 무의식이 꿈꾸는 파라솔 색깔 무늬만 떠돈다

파라솔을 쓰지 않고 지나가는 얼굴을 바라본 일은 없다

이걸 써야만 그 여자는 멋있다고 여긴다

공원 출구 벤치에 앉아서

파라솔을 쓰고 지나가는 여자를 기다리고 있다

어느 날, 그녀는 느닷없이 나를 일으켜 세우더니

파라솔을 나에게 씌워주고 갔다

다시 그녀는 오지 않고 기하학적 무늬 파라솔만 남았다
—「기하학무늬 파라솔을 쓴 여자 · 1」 전문

공원 벤치는 그대로 멈추어 있고

시간은 어디로 흘러갔는지 모른다

파라솔을 쓴 여자가 지나간다

파라솔의 기하학적 무늬와 색채는 아리송하다

마티스의 여인이 쓴 모자를 닮아 보이기도 하고

피카소의 여인이 들고 있는 꽃바구니가 떠오르기도 한다

…(중략)…

기하학무늬 파라솔이 지나간 자리 메모지는
알아볼 수 없는 문자만 남았다
글자를 해독하기 위해 나는 다시 공원 벤치를 찾아야 한다
　　　　　　― 「기하학무늬 파라솔을 쓴 여자 · 2」 부분

　'기하학무늬 파라솔을 쓴 여자'는 2편의 연작시이다. 두 편의 시는 예술적 시선으로 세상을 바라보는 자아의 내면을 그리고 있다. 마티스와 피카소의 색채와 형태를 끌어와 감각적 자유와 무의식의 만남을 시도한다. 파라솔 연작은 감각 이미지에서 철학적 성찰로 나아가는 시인의 예술관이 함축되어 있다. 예술은 완결된 메시지가 아니라 해독되지 않는 메모지처럼 끊임없이 재해석되는 것이다. 표제작 「기하학무늬 파라솔을 쓴 여자 · 1」에서 화자는 공원 출구 벤치에 앉아 '기하학무늬 파라솔'을 쓰고 지나가는 여자를 본다. 가끔 그녀를 못 보고 허탕 친 날은 실망한다. 하지만 그녀는 화자의 마음을 아는지 다음날이면 어김없이 파라솔을 쓰고 지나간다.

　문제는 두 가지다. 첫째는 화자가 파라솔을 쓰고 지나가는 여자의 얼굴을 모른다는 것이며, 둘째는 어느 날 '나'를 일으켜 세운 그녀가 파라솔을 씌워주고 떠난 이후 다시 돌아오지 않는다는 것이다. 연작 2에서도 파라솔을 쓴 여자가 지나간다. 떠나버린 연작 1 속의 그녀가 다시 찾아온 것인지 새로운 여자 2인지는 알 수 없다. '파라솔 연작'에 등장하는 여자들은 시인의 잠재된 내면에서 발현되는 상상 속의 대상이다. 그 대

상은 시인이 찾아 헤매는 시세계의 은유로 읽힌다. 파라솔은 늘 화자를 외면하거나 내버려두고 가버리며, 파라솔이 지나간 자리의 메모지는 알아볼 수 없는 문자만 남아 있다. 화자는 다시 공원 벤치를 찾지만 아직 글자를 해독하지 못한다.

이를 통해 '파라솔 여인'들은 화자의 무의식 속에 "희미한 미소를 던"지고 사라지는 시詩 자체로 읽을 수 있다. 시는 완전히 포착되지 않고 해독되지 않으며 늘 다시 찾아가야 하는 대상이다. 파라솔을 쓴 여자가 얼굴을 보여주지 않듯, 예술의 본질은 온전히 드러나지 않는다. 그 불완전함과 미완의 상태가 예술이 지닌 매혹이다. 예술과 자각의 형상은 감각에서 사유로, 사유에서 자유로 변주된다. 저울에 달아도 기울지 않고 휘어지지 않던 사람들처럼(「기울면 울음이 나고」), 허표영에게 예술은 균형 잡힌 시의 중심을 찾아가는 여정이다. 「기하학무늬 파라솔을 쓴 여자」 연작시는 감각적 색채에서 철학적 사유로 나아가는 예술의 성장 서사이다.

5. 삶을 사랑하는 예술

허표영의 『기하학무늬 파라솔을 쓴 여자』는 삶과 사랑, 예술을 유기적으로 엮어낸다. 그는 일상의 작은 순간에서 존재의 '결'과 '의미'를 발견하고 감각적 이미지로 경험의 정서를 드러낸다. 이번 시집은 삶을 살아내는 행위 자체가 예술임을, 예술을 경험하는 일이 삶을 진솔하게 사랑하는 방식임을 증

명한다. 순간의 떨림과 관계의 불완전함과 사라지는 것들에 대한 애틋함은 모두 예술적 형상으로 승화되어 삶의 본질을 사유하게 한다. 시인은 파라솔, 비눗방울, 봉숭아, 포스트잇과 같은 일상의 오브제를 통해 존재의 순간성과 관계의 윤리를 밝혀낸다. 허표영의 시는 예술적 언어로 사랑의 본질을 더 깊이 통찰해가는 여정이며, 상처와 치유, 이별과 회복을 거쳐 다시 관계를 회복하려는 윤리적 실천이다. 세상 외로워도 외로울 수 없는(「남행시초南行詩抄」) 존재로서 시인은 언어예술의 기록을 멈추지 않을 것이다. 그의 시는 고요한 순간을 길어 올리는 사유의 흐름을 따라 삶을 아름답게 건너는 방법을 제시한다. 허표영이 실천하는 예술의 길과 동행하면 덧없는 순간에도 영속하는 사랑과 존재의 결을 만날 수 있다.▨

| 허표영 |

경남 진주 출생. 2022년『시산맥』공모 당선으로 시집『별을 기르다』를 냈으며, 수필집『그대를 위한 시간』『고결한 동행』이 있다. 한국예술문화총연합회 문학부 공로상, 경남수필문학상, 진주예술인상을 수상했다. 현재 한국문인협회, 경남시인협회, 진주문인협회 회원이며, 경남도민신문 칼럼니스트로 활동 중이다.

이메일 : pyhurkr@hanmail.net

현대시 시인선 237

기하학무늬 파리솔을 쓴 여자

초판 인쇄 · 2025년 12월 15일
초판 발행 · 2025년 12월 20일
지은이 · 허표영
펴낸이 · 이선희
펴낸곳 · 한국문연
서울 서대문구 증가로29길 12-27, 101호
출판등록 1988년 3월 3일 제3-188호
편집실 | 서울 서대문구 증가로31길 39, 202호
대표전화 302-2717 | 팩스 · 6442-6053
디지털 현대시 www.koreapoem.co.kr
이메일 koreapoem@hanmail.net

ⓒ 허표영 2025
ISBN 978-89-6104-412-7 03810

값 13,000원

* 이 책은 경상남도, 경남문화예술진흥원의 문화예술 지원을 보조받아 발간되었습니다.